句集

大和三山

宮平知三

文學の森

序

宮平知三氏の「山繭」入会は、氏の書かれた経歴から見ると平成十一年である。これは、それまでに「山繭」の仲間であった「風」関西支部の倉持嘉博、木村雅子さんらの勧めであったのだろう。ただ、この後「風」が平成十三年に解散といった事情もあってか、十三、十四年は在籍のまま休会され、十五年に投句を再開、以後は熱心に励まれた。

平成十八年二月号にて、

山茶花の純白光る日和かな

蜻蛉の湧き次ぐ朝の舟だまり

山川の秋さやさやとさらさらと
寒鴉羽音重たく過りけり

などの諸作で巻頭となり、翌十九年よりは晴れて「山繭」同人として奈良県内の吟行会などを計画、実行頂くなど、大いに尽力を頂いたのであった。ことに平成二十年秋には、飛火野近くの旅館を会場に「山繭」全国大会を担当、開催して頂き、夜のアトラクションでは、知三氏のもう一つの趣味である合唱団のエンターテイナーとして私達を大いに驚かせ、楽しい時間を過ごせたのが印象深い。

牡蠣打を一芸として見てゐたり
寒の入伎藝天女に燭を足す
鋼船の行き交ふ海へ雛の舟
手の出せぬ蜂の巣サッカーボール程
シャンソンの「枯葉」小声に冬籠る

これが知三氏の初期の作品である。決して物欲しそうでなく、穏やかで物静かな声調でありながら、対象の本質を捉えている。これがこれまで培われてきた気質なのであろう。私が知三氏の俳句を推す所以である。

また、私が深く敬服するのは、知三氏は昭和十年、沖縄から大阪へ出られた父の子として生まれ、四歳の時、父の実家を継ぐべく沖縄へ渡り、小学校時代に太平洋戦争が勃発、そのまま、四人に一人が死亡したとされる沖縄戦の真っ只中で義父母と生き延び、戦後は米軍のランドリーボーイやガーデンボーイ等のアルバイトをしながら、講和条約を機に大阪の実父の許へ戻り、以後、高校、大学を卒業、建築関係の企業に職を得て結婚、沖縄の養父母を呼び寄せ、奈良に終の居を構えられるという、動乱の中をゆるがない信念で生き抜いて来られた人生への態度である。

屏風《ひんぷん》の奥のパパイヤ実の盛ん
鬼餅《むーちー》は遠き日の味花月桃
椰子蟹の棲みつく島の古井かな

甘蔗の穂海に吹かるる激戦地

雲の峰波路のはての八重干潮《やえびぃし》

星砂をふんで「椰子の実」口ずさむ

口に出て沖縄訛冬ぬくし

本集の中では数少ない沖縄での作。「趣味のサークルで沖縄の人に会うと『自分はやはりウチナーンチューだなぁ』とつくづく思う」と述懐する知三氏であるだけに、思いの深い諸作である。

そう言えば、沖縄での「山繭」同人の草分けの一人である、中村阪子氏のご夫君の中村秀雄氏は、教育者として高名の人であったと聞くが、知三氏の母堂と母同士が従姉妹で、師範学校時代に知三氏の家に下宿され、小学生時代の氏は大いに薫陶を受けたという。戦中戦後の混乱の中で、本土の高校へ編入、大学へと進学されて行った学力は、知三氏の努力は勿論であるが、教育を大切にされるご一族の気風が窺えるところである。

寒雀来し日だまりの蚤の市

明日香来てまづ甘樫の鵙高音

丹波栗子等に剝く手の追ひつかず

母の忌と供へあるもの胡瓜和

木の葉髪妻は日のごと影のごと

今年また筍くれし囲碁の敵

倭舞習ふ影さす春障子

知三氏の日常というか、構えていないところの句を抽出してみた。いや、構えていないと言えば、本句集全体がということになるのかも知れないと思うほど、自然体なのだ。どの頁を開いても、知三氏の温顔と、ゆったりとした言葉が出てくる句集と言えよう。

本句集の上木を心よりお祝い申し上げる所以である。

平成二十八年七夕の日に

山繭書屋にて　宮田正和

目次

句集　大和三山

序　宮田正和　1

おん祭　平成十二年〜十六年　11

亀甲の樹皮　平成十七年〜十八年　35

甘蔗の穂　平成十九年〜二十年　61

緑青の明治建築　平成二十一年〜二十二年　99

戦災に震災重ね　平成二十三年〜二十四年　127

コーラスの窓　平成二十五年〜二十七年　163

あとがき　200

装丁　井原靖章

句集

大和三山

やまとさんざん

おん祭

平成十二年〜十六年

その奥に並ぶ義士碑や冬桜

牡蠣打を一芸として見てゐたり

寒の入伎藝天女に燭を足す

航跡の海を眼下に野水仙

亀石の遺構を隠す春の雪

鋼船の行き交ふ海へ雛の舟

船下りて遍路の一歩竹生島

大き腹地にあづけたり孕鹿

手の出せぬ蜂の巣サッカーボール程

訪ねては路地に迷へり炎天下

一房を食べあぐねたる葡萄狩

おん祭武将のごとく牡鹿佇つ

シャンソンの「枯葉」小声に冬籠る

注連飾るままに休める登り窯

豆撒の鬼の面より女声

潮の香の唐人墓やすみれ草

啓蟄の地を測量のメジャー這ふ

鉄鋲の門司の駅舎や初燕

薫風や適塾部屋を開け放ち

緑蔭に牛の憩へる御田祭

早乙女の尻並列や御田祭

葦の穂の揺れに身をおく雀かな

葦原の向かうは伊吹風渡る

葛嵐生駒山麓波立てる

大池の水輪に気づく秋の雨

鹿に野辺塔に松風奈良の暮

ともしゐる明石大橋初景色

アンコールは「乾杯の歌」年明くる

寒雀来し日だまりの蚤の市

寒禽の声木々にあり伎藝天

盗み酒雛に許し乞ひにけり

水田はや伸びし早苗に染まりけり

疲れ鵜の憩ふがごとく羽拡ぐ

鮫除けの網張る須磨の海開き

今年酒振る舞ふ酒屋初瀬街道

瀬音澄む初瀬街道の常夜燈

芭蕉の実拳の程に釣月軒

貼り替へと決めし障子をひた破る

破蓮戦敗れしごときかな

塵芥に群れて鴉の息白し

これよりは柳生街道山眠る

初雪に子ら野兎のごとく駆く

検診のことなき夜の牡丹鍋

亀甲の樹皮

平成十七年〜十八年

きららなる大阪平野年明くる

綿虫の湧くがごときや芭蕉句碑

熱燗の地酒臓腑にしみて来し

桜貝拾ひ遊ぶや桂浜

レガッタの舟滑り行く春の川

春日社の藤の枝垂れや丈余る

手弁当の賑はふベンチ風薫る

手を翳す大和三山麦の秋

飛鳥寺昼を灯して梅雨に入る

草いきれ石舞台への分かれ道

落蟬を放てば一声飛翔せり

原爆忌仰臥して聴くボレロかな

松手入亀甲の樹皮豊かなり

虫の音の包む我が家となりにけり

棟梁の耳に鉛筆鰯雲

新涼の奈良町通りジャズ流す

爽やかに人力車駆く奈良大路

明日香来てまづ甘橙の鴟高音

小鳥来る甘樫丘の方位盤

首塚へ匂ひて晩稲刈られけり

秋の蝶よぎる日和や石舞台

蜻蛉の湧き次ぐ朝の舟だまり

山川の秋さやさやとさらさらと
山茶花の純白光る日和かな

寒鴉羽音重たく過りけり

木枯を少女と犬がもつれ行く

白息の鹿群なして車道過ぐ

回し見る双眼鏡に鴨睦む

とんど灰浮けるふるまひ酒酌めり

故郷・沖縄

冬怒濤六十年を基地負ひし

日の匂ひ摘草の籠《こ》にあふれけり

浄瑠璃寺

九体の弥陀きき給ふ初音かな

飛火野の鹿に柵なく夏立ちぬ

咲き匂ふマリアカラスといふ薔薇

婚の座に薔薇の風の香ゆききせる
指呼に浮く淡路島影麦の秋

夕焼けて小島も船もきらめける

毬栗も入れし丹波の土産籠

丹波栗子等に剝く手の追ひつかず

石あれば地蔵めきたる草紅葉

幼子にかがみて受くる赤い羽根

口に出て沖縄訛冬ぬくし

花嫁の列につきゐる冬の鹿

日吉館閉ざす窓辺に冬日濃し

大仏の鼻抜けし子や冬ぬくし

しんがりは落武者のごとおん祭

子規も亦この地を踏みぬ柿落葉

子規泊めし宿とや柿と実南天

甘蔗の穂

平成十九年〜二十年

大いなる鴟尾まなかひにとんど焼

とんど焼ふるまひ酒に妻酔へり

眉長き鹿と目の合ふ四温かな

石棺に深き擦り疵落椿

男雛太刀端正に佩きゐたる

爛漫といふより鎮む山桜

菜の花に小川の流れさかまける
花の雨阿騎の大野をけぶらせり

奈良・今井町

守宮鳴く土間の上なる丁稚部屋

新茶汲む奈良絵の湯呑手に包み

蓮の芽の開かむとしてなほ固し
かぶりつく鮎ほろにがく酒旨し

熟寝子の寝返り待ちて更衣

朝涼の浜に「椰子の実」歌ひ来し

糴箱を跳ねて金魚の腹見する

糴箱に金魚声なく渦なせり

京言葉涼し貴船の里娘

渓流の音のさかまく川床《ゆか》料理

走り根の磨《と》がれてゐたる滝の道

葛城の裾の三山豊の秋

スキップで近寄る幼ナ秋桜
オカリナを奏で栗の実売りゐたる

九品寺の声明届く秋山路
椋鳥の群れて一樹のふくらみぬ

溝蕎麦の川床光る高瀬川
その奥に叡山尖る暮の秋

烏骨鶏のまばたきしきり柿紅葉

傘の柄でたぐり寄せたる烏瓜

薬師寺の塔の艶めく星月夜

茜さす二上山の初景色

天帝の置きし三山淑気満つ

本能寺寒禽の声不意を突く

雪しづる音に目覚むる朝かな

空屋敷梅ひつそりとふふみけり

鳥帰る朱雀門なる鴟尾掠め

永き日の残照捉ふ朱雀門

遠足の平城宮址横切りぬ

法起寺の塔をねぐらや雀の子

参道の松風光る法隆寺

夢殿の丸《まろ》き柱に春日沁む

二上山《ふたかみ》を越えて当麻の初燕

三山のまろき遠景春田打つ

故郷・沖縄　七句

屏風《ひんぷん》の奥のパパイヤ実の盛ん

鬼餅《むーちー》は遠き日の味花月桃

椰子蟹の棲みつく島の古井かな

白百合の眼下に海の展けたり

雲の峰波路のはての八重干潮《やえびいし》
星砂をふんで「椰子の実」口ずさむ

甘蔗の穂海に吹かるる激戦地

日焼して駆け寄る子等の歯の白し

開け放つ極楽堂や虫払

奈良町の軒に庚申猿涼し

奈良町に廓の名残落し文

雨切つて巣に帰りたる親燕

草苅つて土用干しなる休耕田

星すずし酌んで交はせる宇宙論

着こなせる浴衣の娘目の青き

夏燕飛火野の原擦りゆけり

燈涼し巫女端正に朱の袴

稲妻や眼差し若き阿修羅像

暁の風より軽し赤蜻蛉

団栗の加速度つけて落ちにけり

蔦紅葉城壁の反り這ひ上る
秋の空白壁著き彦根城

十月の波に足差す浮御堂

都鳥湖中の句碑の根に群るる

都鳥湖に浮く群渡る群

鵙尾空に残して釣瓶落しかな

日向ぼこ猫瞑想にゐるらしき

とこしへに若き座像や良弁忌

枯葉散る音楽堂への石畳

冬耕や何播くとなく畝つくる

緑青の明治建築

平成二十一年〜二十二年

古妻はダイエット中去年今年

風花を一ひら眉に牡鹿佇つ

白魚舟夜明けの海をすべり来る
つちふる日若草山は模糊として

鹿の来て見つむる火の粉お水取

内海の波掠め飛ぶ岩燕

水音のことに長けたり峡の春

奈良女子大

緑青の明治建築春の雪

鳥雲に夕日をまとふ塔二つ

曙のパン屋の香り町涼し

母の忌と供へあるもの胡瓜和

反橋の川筋繁き夏燕

牧涼し牛の食む辺へ小鳥どち

大夕立奈良の大路をけぶらせり

磨崖仏背ナに青葉の山連ね

走り根の艶めいてゐし青葉道

防寒帽の遺影の叔父や終戦日

先客の小鳥来てゐる志賀旧居

秋日濃し松の中なる東大寺

月今宵鴟尾の浮きたつ朱雀門

秋冷の大和三山相寄らず

白毫寺

本堂はなだるる萩の中なりし

奈良町の袋小路や今年酒

若草山まなかひにして木守柿

木の葉髪妻は日のごと影のごと

職求むシュプレヒコール息白し

凧上がる若草山の初景色

福笹をはづれし小判拾ひけり

山焼の香をまとひ来る消防士

鶯や朝の珈琲点てをれば

風光る平城宮址の大極殿

山の辺の水に清らや初蕨

猿沢に水輪生みつぐ春の雨

雑木山どっと芽ぶきの力張る

斑鳩の木の芽の風や匂ひ濃し

一陣の風に靡ける糸柳

啓蟄の朝の地下鉄混みゐたる

沖縄・普天間飛行場

迷走の空港移転おぼろかな

天平の塔をたたへて鳥帰る

若葉雨池に押し合ふ鯉の口

飛鳥川に鍬浸しあり麦の秋

紫陽花のまりを映せる水溜り

朝涼を賜ひて犬の弾みけり
あめんぼう空の青さに跳ねにけり

蟬しぐれ止む一瞬のしじまかな

郭公や遠きふる里思はるる

朝涼やビルの谷間に屋台蕎麦

大夕焼湧き出るごとく小鳥どち

折鶴をお婆に習へる長崎忌

蜻蛉の水面に低くまた高く

戦災に震災重ね

平成二十三年〜二十四年

平成の大極殿や初日の出

幼ら来て民宿めきし三が日

生墨を草餅のごと捏ねゐたる
春昼に地震《ない》の衝撃はしりけり

春の潮津波と化して恐ろしき
原発の設備あやふし冴返る

春日社の松葉しとねに孕鹿
末黒野となりし若草山匂ふ

二上山《ふたかみ》の淡き山影牡丹の芽

針供養元花街の辻抜けて

目の前にすぐ目の前に蛇出づる
立つ鹿の遠きまなざし雲の峰

夕焼けて大阪平野耀へり

塔のかげ踏んで大和の田植かな

棲みつきし我が家の守宮目のつぶら
手のひらの螢火ことに光りけり

菖蒲田を濁して鯉の逢瀬かな
校庭にホルンの響き夕若葉

夏つばめ伏見の街を知りつくす

青嶺へ雲のよく飛ぶ五月晴

朱の著き巫女の袴や樟若葉

縄張られ御田植待つ神田かな

今年また筍くれし囲碁の敵

電柱をうづまき昇る蔦紅葉

幻住庵もみづる山を負ひゐたる

冬に入る藁屋根厚き幻住庵

みんなみの島人雪に声発す
積雪やかまくらめきし乗用車

ひたひたと暮るるみづうみ浮寝鳥

菊焚いて香り楽しむ日和かな

冬の蝶みささぎの濠渡りたり

水禽の降りては睦む鏡池

剝きたての牡蠣の甘さよ汐の香よ

ハミングはシャンソン「枯葉」落葉掃く

抜き足で猫が通れる霜柱
かにかくに過ぎし日は吉札をさむ

白息を集めてしばし赤信号

三輪山も古墳も共に眠りけり

恙なきと被災の友の賀状かな

戦災に震災重ね余寒なほ

茶筌竹解く田畑や地虫出づ

初燕追ひつ追はれつ風を切る

恋猫の玉座となりぬボンネット

奈良・今井町

路地先は卍角なり花曇

夜桜や鎮もり眠る石舞台

菜の花の今を盛りや竜田川

花筏押し上げ亀の顔出せり

スイートピー活けて奥からおいでやす

だぼ鯊のときにしろがね光かな

水先人船へひらりと立夏かな

葉隠れにせせらぎの音夏木立
間をおいて添ひ寝の団扇動きけり

明易や遠き戦のゆめに覚め

猿沢の池に来てゐる風鈴屋

飛火野の緑を駆くる袋角

遊船の波を喜ぶかいつぶり

青葉風絵馬を鳴らして吹き抜くる

水打つて路地の灯を散らしけり

遠花火大和三山あらはるる

蟬時雨ほどに蟬穴なかりけり

一望の青田へ風の波生まる

食あれば好き嫌ひなし終戦忌

観覧車はしばらく宙に鰯雲
さはやかやウォーターシュート止めどなし

戦乱の女性美し菊人形

一望千里大阪平野雪景色

初時雨若草山に虹残す

ちゃんちゃんこ同じ布地の主と犬

コーラスの窓

平成二十五年〜二十七年

飽食の世や猪鍋を囲みゐる

白梅の雨粒ほどにふふみけり

倭舞習ふ影さす春障子

一人来て初音に会ひぬ法隆寺

木隠れてつひに見えざる初音かな

苗床の土の温もり手で均す

温め酒「朧月夜」を口ずさみ

春日社の砂ずりの藤夕日濃し

もののの芽や平城宮址真つ平

釣人は等間隔や花の土手

旅人に奈良公園の花は八重
老鶯にあはせ口笛吹いてみる

紫陽花の迷路の中の子の泣きぬ
ゆるやかに動く雲ありあめんぼう

蕗の葉に飢ゑを凌ぎし日は遠き
夕焼けて山影町におよびけり

熊蟬の飛び込んで来る猛暑かな

朝駆けの犬をつれ行く夏帽子

招提寺の朱柱渡る黒揚羽
日の暮れてなほ白々と鰯雲

コーラスの窓にコスモス揺れやまず
たをやかな飛天の舞や秋の空

新涼の春日社の道歩み来し

草紅葉ふみ来てまみゆ阿修羅像

阿修羅像眉根に秋の思ひかな

ホルンの音に小流れ跳ねて鹿駆くる

新涼の風木洩れ日の斑を揺らす

雨意去りて眼白ささ鳴く日和かな

満月のぬつと出でけり春日山

指先へ秋思つのれる伎藝天

浮き沈む水鳥あまた秋篠川

おほかたは会へぬ旧知の賀状かな

あらたまの賀状隣の主人より

おん祭酒屋の主人鉾を差す

着ぶくれて「オーソレミオ」を歌ひけり

甲羅干す亀に水鳥かかはらず

コーラスの仲間の呉れし葱の束

飛火野を分けて流るる春の水

雨ごとに白木蓮の花芽顕つ

卵焼く厨ごとなり余寒なほ

茄子植う床の温もり手で均し

十薬の花の純白土塀下

遠き日や母貼り呉れしどくだみ葉

レガッタの波に乗りけりあめんぼう

虹がつなぐ若草山と春日山
大阪の灯を一望に星月夜

奈良なれや高円山の昼の月

良夜かな車椅子なる古妻も

コーラスのソロ良く透る良夜かな

小鳥来る庭灯籠の点し窓

枸杞の実の夕日とらへて透きとほる
「かあさんの歌」口ずさみ毛糸編む

初時雨奈良の大路をけぶらする

寒鴉大地揺るがす羽音かな

被災地の便りや蝌蚪の生まれしと

せせらぎの淀み狭しと花筏

春暁や余韻の長き古寺の鐘

猿沢の亀の引きゐる花筏

花の下鹿叱りゐる煎餅屋

八十路とて鶯のごと歌ひたし

植田風まぶしきまでにそよぎけり

若葉径「青い山脈」口に出て

夏燕縦横無尽なる駅舎

濡れ縁に籐椅子移し風をよぶ

端居して話題の及ぶ平和論

千年の樟若葉濃し能舞台

雨意去りて鑑真廟に鴉の子

夏つばめ大仏の鴟尾かすめけり

鳥瞰の大和三山麦の秋

あとがき

平成二十七年十二月に傘寿を迎えましたときより、自分なりの句集を編みたいと強く思うようになりました。

振り返りますと、私は四歳まで大阪で、少年時代は沖縄で過ごし、沖縄の凄惨な地上戦を体験しました。その後大阪に戻り、長い会社勤めを終えたあと、俳句に出合うことができました。また合唱団に所属して歌も楽しんでおります。

俳句との縁は、私の又従兄弟に当たる沖縄の中村秀雄・阪子夫妻のすすめにより、平成七年「風」に、そして平成十一年「山繭」に入会しました。当初は大阪の倉持嘉博氏の句会に於いて俳句なるものの手ほどきを受け、徐々に吟行や作句を楽しむようになり、現在に至ります。

このたび「山繭」主宰・宮田正和先生のお蔭をもちまして、自分史の一端を書き留めることができましたことは、感慨深いものがあります。宮田先生には選句に句集名の御相談にと一方ならぬ御配慮を賜りました上、懇切丁寧な序文を頂戴いたしまして、心からお礼申し上げます。

また、日頃何かとお世話になっています「山繭」の先輩の方々からは、励ましや助言をいただき、改めてお礼申し上げます。

最後になりましたが、出版に際しまして御配慮いただきました「文學の森」の皆様方に、心よりお礼申し上げます。

平成二十八年八月八日

宮平知三

著者略歴

宮平知三（みやひら・ともぞう）

昭和10年12月１日　大阪市生まれ
４歳のとき、本家の家督相続のため沖縄に赴く。昭和20年、小学校（国民学校）３年生のとき、凄惨な沖縄地上戦を体験。昭和28年、沖縄民政府のパスポートを取得して大阪の実家に戻り、沖縄の普天間高校より大阪の港高校に編入学。昭和34年、関西大学経済学部を卒業し、会社勤めを始め、沖縄の養父母を大阪に迎える。40年余の現役時代を経て、64歳で退職。

句　歴
平成７年　「風」入会
平成11年　「山繭」入会（13年～14年休会、15年復帰）
平成19年　「山繭」同人

俳人協会会員

現住所　〒631-0046　奈良市西千代ケ丘1-5-6

句集 大和三山《やまとさんざん》

発　行　平成二十八年十月三日
著　者　宮平知三
発行者　大山基利
発行所　株式会社　文學の森
〒一六九-〇〇七五
東京都新宿区高田馬場二-一-二　田島ビル八階
tel 03-5292-9188　fax 03-5292-9199
e-mail mori@bungak.com
ホームページ　http://www.bungak.com
印刷・製本　潮　貞男

ISBN978-4-86438-543-5　C0092